DATE DUE

Stir

Ilustraciones de
Peter H. Reynolds

K y el increíble ROMPEMUELAS Supergaláctico

Megan McDonald

ALFAGUARA

Título original: *Stink and the Incredible Super-Galactic Jawbreaker*
Publicado por primera vez por Walker Books Limited, Londres SE11 5H

© Del texto: 2006, MeganMcDonald
© De las ilustraciones: 2006, Peter H. Reynolds
© De la traducción: 2008, P. Rozarena
© De esta edición: 2008, Santillana USA Publishing Company, Inc.
2023NW 84th Avenue
Miami, FL 33122, USA

www.santillanausa.com

Maquetación: Silvana Izquierdo
Adaptación para América: Isabel Mendoza y Gisela Galicia

Aguilar, Altea, Taurus, Alfaguara, S.A. de Ediciones
Beazley, 3860. 1437 Buenos Aires. Argentina

Editorial Santillana, S.A. de C.V.
Avda. Universidad, 767. Col. Del Valle
México D.F., C.P. 03100. México

Distribuidora y Editora Aguilar, Altea, Taurus, Alfaguara, S.A.
Calle 80, n°. 10-23. Santafé de Bogotá. Colombia

Stink y el increíble Rompemuelas Supergaláctico

ISBN-10: 1-60396-194-1
ISBN-13: 978-1-60396-194-3

Published in the United States of America
Printed in the United States of America by HCI

15 14 13   1 2 3 4 5 6 7 8 9

Para Joseph, Jodi y Matthew
M. M.

Para Gary Goldberger,
mi supergaláctico y
creativo compañero de viaje
P. H .R.

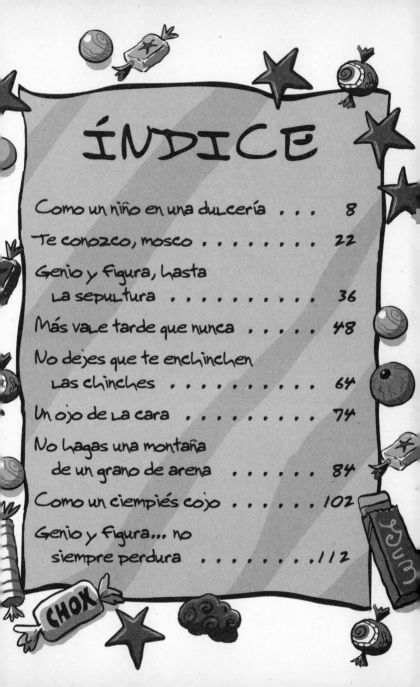

ÍNDICE

Como un niño en una dulcería

¡Enorme!

¡Supercolosal!

¡Intergaláctico!

Stink se encontraba en la supertienda de dulces *El silbato*. A su alrededor no había más que estanterías y estanterías repletas de bolas de chicle, monedas de chocolate de un dólar (que costaban 10 centavos), chupetas de sabores con relleno de chocolate y chicle, bombones de todos los tamaños, gomitas gigantes de colores, gomitas de ositos, caramelos de diferentes formas, chicles de sabores y formas variadas, chocolates rellenos de caramelo, de nueces y de malvaviscos, y chiclosos de leche y caramelo.

Y, de pronto, los descubrió... Allí mismo, justo en el centro, exactamente frente a él, estaban los dulces más grandes y durísimos del mundo. Unos dulces imposibles de masticar. ¡Los famosos rompemuelas!

¡Los Rompemuelas Supergalácticos! Stink agarró uno. Era como un globo, como un planeta, como todo un mundo de sabor. Un planeta lleno de vetas y brillante. Más grande que una canica. Más grande que una pelota de ping-pong. Más grande que una pelota de golf. Más grande que el más enorme dulce relleno de chicle jamás masticado; o, al menos,

el dulce más grande que Stink había visto en los siete años que llevaba viviendo en el planeta Tierra.

Su hermana Judy se acercó corriendo:

—¡Oye, Stink, tienen huevos fritos de caramelo y unas chupetas que silban y árboles en miniatura que se pueden comer y, lo mejor de todo, cerebros de gomita! ¡No sé cuál elegir para que me compres!

—Tu cerebro sí que es de gomita si piensas que te voy a comprar algo —le dijo Stink a su hermana mayor. Algunas veces, las hermanas mayores se portan como dobles, triples, cuádruples o quíntuples mandonas.

—Anda, Stink. No seas tan tacaño. Tienes un billete de cinco dólares.

—¡Yo me lo gané! Papá me llevó a la universidad para aquel estudio sobre niños bajitos. Tuve que contestar preguntas dificilísimas.

—¡Stink, yo no tengo la culpa de no ser bajita! ¡Por favor, porfa, por favorcísimo, sólo un celular de chocolate con un cerebro de gomita encima! ¿Unos gusanos de caramelo? ¿Una chupeta con chicle verde dentro? Bueno, está bien, si no me quieres comprar ningún dulce, cómprame al menos este estuche de *Cómo hacerte tu propio chicle*.

—No, no y no. Nada de nada, ya te dije.

—Porfis, Stink, sólo un caramelito, chiquito, chiquitito, chiquititito. ¿Cuánto puede costar un caramelito de 10 centavos?

No te cuesta nada comprarme algo de 10 centavos.

—Sí me cuesta; me cuesta 10 centavos. Y algunos de esos caramelos cuestan hasta 25 centavos.

—¿Qué? ¿Cómo puede costar 25 centavos un caramelo de 10 centavos?

—Pues... olvídalo. Igual, no te voy a comprar nada.

Judy estaba realmente enojada. Se sentó enfurruñada en un sofá que había en la tienda de dulces. Fingió que estaba mirando las piruetas de unos Oompa Loompas que bailaban en la tele que tenía enfrente.

Stink, mientras tanto, iba de una estantería a otra, llenando su cesta de chupetas, bolas agridulces, gomitas de ositos y gusanitos.

—Stink, le voy a decir a papá que te estás portando "como un niño en una dulcería" —dijo Judy.

—¡Pues eso soy! ¡Un niño en una dulcería! ¿No ves? Por cierto, acabas de decir un "dicho" —dijo Stink

—¡No soy un bicho! —dijo Judy

—¡No dije "bicho"! ¡Dije "dichooo"! Un dicho es una forma divertida de decir algo. Mi maestra usa muchos. Por ejemplo, si un día estás de mal humor dice: "¿Y a ti, qué mosco te picó?".

—No, pero yo no estoy de mal humor, porque tú me vas a dar algunos de tus dulces, ¿cierto?

—Falso.

—¿"Stink, el apestink" es un dicho? ¿O que tal, "Stink te portas como un insectink"? —dijo sarcásticamente Judy.

—Eres más agria que el limón —dijo Stink—. ¡Hey! Acabo de decir otro dicho. "Más agria que el limón" es un dicho.

—¡Ya deja de decir dichos, Stink! —señaló Judy.

—Está bien, está bien. Si yo te doy dulces, ¿tú qué me das a cambio? —preguntó Stink—. ¿Qué te parece si hacemos un trato?

Judy entrecerró los ojos.

—¿Qué te parece un lápiz gruñón y dos estampas de presidentes a cambio de este paquete de chicles de la selva tropical?

—Tres estampas de presidentes —corrigió Stink—, y una tiene que ser la de James Madison.

—¡Trato hecho! —dijo Judy—. ¡Archirecontra genial, Stink! ¡Muchas gracias! Y ahora, mi querido Ricky Ricón, déjame ver qué compraste con todo ese dinero.

—Me compré el rompemuelas más grande del mundo —se lo enseñó a su hermana—. Mira, cambia de colores y de sabores.

—¡Qué curioso! Parece el planeta Tierra, o un huevo de avestruz, o algo así.

—Sí, o algo así —convino Stink.

—Stink, yo creo que no deberías comerte eso. Aquí, en la caja, dice que contiene cera.

—No lo dice.

—¡Sí lo dice! —replicó Judy remarcando bien la palabras.

—Bueno, ¿y qué? El otro día comí cera y no me pasó nada.

—¡No es verdad!

—¡Sí es verdad!

—Stink, la cera es para hacer velas, no para comer —dijo Judy—. Es como la cera de los oídos. ¿Te gustaría comer cera de los oídos, Stink?

—¡Ya no me molestes! —dijo Stink, quitándole a Judy la caja del rompemuelas—.

Y deja de hablar de cera de los oídos. Igual, me lo voy a comer. Tiene fuego en el centro.

—¿Una bola de fuego?

—Como el centro de la Tierra —dijo Stink.

—¡QUÉ CURIOSO! —exclamó Judy—. ¿Tú crees que realmente te pueda romper una muela?

—¡Eso espero!

¡VERDES DE ENVIDIA! POR Stink J. Moody

Después de observarlas durante mucho tiempo, el hombre de mermelada dijo:

Elijo a las uvas rojas para convertirlas en mermelada.

¡BIEN!
¡YUPI!
¡YUJUU!

¡GRRR!
¡Pues nosotras, las uvas verdes, nos alegramos de que no nos conviertan en esa cosa pegajosa!

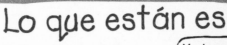

Lo que están es

verdes de envidia, pero con el tiempo llegarán a ser uvas pasas.

Y alegrarán a un bizcocho.

Te conozco, mosco

S tink le dio un lengüetazo. Después le dio otro, y otro, y otro más.

El Rompemuelas Supergaláctico era demasiado grande, no le cabía en la boca.

¡Chlup! Fue chupándolo todo el camino hasta su casa.

¡Glup! Y siguió chupándolo hasta llegar a su cuarto.

¡Chlup! Lo lamió mientras, con la otra mano, le daba comida a Ranita, su sapito. Siguió chupándolo mientras reordenaba sus estampas de presidentes, incluida la de James Madison cortesía de Judy. Y no dejó de chuparlo mientras

hacía la tarea con una sola mano.

Lo estuvo chupando todo el tiempo mientras hablaba por teléfono con la abuela Lou y le contaba lo de la fiesta de pijamas que se iba a hacer en su clase.

Y lo seguía chupando mientras ponía la mesa para la cena; con una sola mano, claro.

Muy pronto, sus labios se habían puesto verdes y tenía los dedos tan pegajosos como si les hubiera untado miel.

—¡Aggg! —exclamó Judy al sentarse a la mesa—. ¿Qué es esta mancha azul pegajosa que hay en mi plato?

—¡Lo siento! —dijo Stink, lamiéndose los dedos—. Tengo que chuparme mejor los dedos.

—¡Stink se está comiendo un rompemuelas antes de cenar! —lo delató Judy.

—Stink, sácate eso de la boca y come alimentos saludables —ordenó papá—. Toma, cómete estos macarrones.

—Esto es comida saludable —dijo Stink—. Contiene vitaminas A y C, y calcio. De veras.

—Y dextrosa, sacarosa, fructosa y cualquier otra cosa que te puede caer de forma desastrosa —recitó Judy.

—Eres una exagerada, no me va a pasar nada —dijo Stink.

—Y no te olvides de la cera —añadió Judy.

—Macarrones —intervino mamá—. Ya oíste a tu padre. Y verduras.

—Todavía no me rompe ni una muela —afirmó Stink—. Ni siquiera se me ha estirado la boca un poquito.

—Bueno, ni falta que hace, ya estás bastante bocón —dijo Judy.

—¿Te crees muy graciosa, verdad? Bueno, pues todavía no me arde la lengua, ni se me han hinchado los cachetes como los de una ardilla.

—Quizás no te va a romper una muela, pero seguro se te van a caer todos los dientes. Seguro, segurísimo. ¿Sabías que la reina Isabel I de Inglaterra comió tantos caramelos que los dientes se le pusieron negros? ¡De verdad!

—¡Bueno, al menos no tendría que lavármelos todos los días! —contestó Stink.

❧ ❧ ❧

Stink se comía un poco más del rompemuelas cada día. Lo chupaba un poco en cuanto se despertaba por la mañana, antes de lavarse los dientes. Lo chupaba en el recreo, mientras se columpiaba con su supermegamejor amigo, Webster. Lo lamía en el autobús todo el tiempo, hasta que llegaba a casa.

Le dio una chupada a Mouse, la gata. Y también dejó que Ranita, el sapito, lo chupara un poco.

El Rompemuelas Supergaláctico de Stink se fue quedando en sólo "galáctico". Del tamaño de una pelota de golf pasó al de una de ping-pong.

—¿Todavía estás chupando esa cosa? —le preguntó Judy.

—¡Tienes la lengua azul! —se burló Judy.

—¡Beeeh...! —le dijo Stink con la lengua afuera.

Stink siguió chupando durante toda la semana siguiente su ya-no-tan-supergaláctico rompemuelas. Primero le supo a tiza. Luego, a piña. Después se volvió amargo. Y Stink lo siguió chupando hasta que llegó al dulcísimo centro, cuando ya tenía el tamaño de una canica, de un guisante, de un miniguisante.

Entonces, lo sostuvo entre los dientes y lo trituró. Se disolvió, desapareció, se esfumó. Pero a sus muelas no les pasó nada.

Stink se sintió "más solo que un dedo". Anduvo "como perrito sin dueño" por la casa durante un día y una noche. Subía por las escaleras y volvía a bajar. Trató de dibujar cómics. ¡Todo fue inútil! No jugó con Ranita ni una vez. No hizo su tarea. Salió y rebotó ciento diecisiete veces la pelota de baloncesto de Judy.

—Alguien se levantó hoy "de malas pulgas" —comentó Judy—. O sea, "con el pie izquierdo". Y yo creo saber por qué. "Te conozco, mosco", estás de un humor que ni tú te aguantas.

—Yo no tengo pulgas ni tampoco soy un mosco, y además tengo derecho a estar de mal humor —dijo Stink enojado, y siguió contando—: ciento dieciocho, ciento diecinueve, ciento...

—Es porque se acabó tu rompemuelas, ¿verdad? —preguntó Judy.

—Es porque no era un verdadero rompemuelas. Se tenía que haber llamado "el más grande no-rompemuelas del mundo". Lo chupé y rechupé durante más de una semana y no me rompió ni una sola muela. Ni siquiera un pedacito. Ni siquiera se agrandó un poquito mi boca, ¿ves? —Stink abrió y cerró la boca varias veces haciendo chocar sus dientes.

—Bueno, creo que fue lo mejor que te pudo pasar —dijo Judy—. Quiero decir... ¿no te habrías enojado si se te hubieran roto las muelas?

—Pues a lo mejor sí, pero esto me enoja mucho más... aunque... —a Stink

se le acababa de ocurrir
una brillante idea. Una
de esas ideas estupendas
que sólo se te ocurren
cuando estás muy eno-
jado. Stink acababa de
decidir que escribiría una carta. Una
carta con su encabezado, su cuerpo y su
despedida. Igualita a las que la maestra
les había enseñado a escribir en clase.

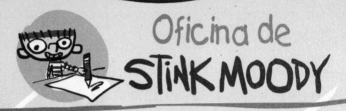

Oficina de STINK MOODY

Estimado Señor(a) Rompemuelas: (esto es el saludo)

Me llamo Stink Moody, gané 5 dólares por ser bajito y me gasté una parte en comprarme un Rompemuelas Supergaláctico (no me gasté casi nada en comprar dulces para mi hermana).

Hay un colosal problema con su rompemuelas. No me rompió, repito para su información: NO me rompió ni una sola muela. Lo único que hizo fue crearme problemas a la hora de la comida y ponerme la lengua azul. En mi opinión, debería usted cambiarle el nombre y llamarle el Súper No-galáctico Lápiz para la Lengua.

Reciba un atento saludo, (esto se llama despedida)

StinK (lengua azul) MOOdY

P.D. Tampoco les rompió nada ni a Mouse ni a Ranita.

(esto se llama posdata)

Me levanté con el pie izquierdo

por STINK J. MOODY

¡Seguro que a Judy le encantan estos huevos pintados a mano!

¡FELIZ CUMPLEAÑOS, JUDY!

Los esconderé aquí en este lado de mi cama.

STINK se despertó al día siguiente...

¡Hoy es el cumpleaños de Judy!

STINK saltó de la cama...

OOOOO

Y PLANTÓ EL PIE IZQUIERDO SOBRE LOS HUEVOS.

¡¡SMOOSH!!

¿Por qué está Stink tan enojado?

Debe haberse levantado con el pie izquierdo.

¡Buaj, tortilla!

Genio y figura, hasta la sepultura

Exactamente once días después, llegó un paquete para Stink. Una caja que sonaba y retumbaba cuando la agitaban. Una caja que contenía algo que corría y se movía mientras Stink la abría. Una caja bastante grande llena de... ¡rompemuelas!

Stink leyó la carta: "Estimado señor Stink Moody: bla, bla, bla... Nos dirigimos a usted en respuesta a bla, bla, bla... Sentimos mucho que nuestro rompemuelas no satisfaga sus expectativas, bla, bla, bla... por favor, acepte un surtido de nuestro producto en nuevas y variadas versiones, bla, bla, bla... que esperamos le agraden...".

—¡Genial, supergaláctico!

Había "megarompemuelas", "minirompemuelas" y "monstruorompemuelas"; había rompemuelas negros, de colores sicodélicos, asteróidicos, marcianíticos, reflectantes y tipo chupeta rellenos de chicle.

—¡Caramelos saltarines! —se entusiasmó Judy—. ¡Nunca había visto nada igual! ¡Hay más rompemuelas aquí que en todas las tiendas del barrio! —exclamó mientras lanzaba unos puñados por el aire.

—¡Son diez libras! —dijo Stink—. Mira, aquí está escrito. Webster se va a quedar bizco cuando se lo cuente.

—Son 21,280 rompemuelas —Judy señaló el número que aparecía en la caja.

—¡Qué voy a hacer con tantos miles de rompemuelas! —exclamó Stink.

—Mínimo, conseguir veinte mil millones de caries —aseguró Judy—. Podríamos abrir una tienda de rompemuelas cada uno. O abrir un museo de rompemuelas.

—¿Qué es eso de "podríamos"? —preguntó Stink—. Podríamos "me huele a manada".

—Bueno, tú y yo —dijo Judy—. Porque "dos cabezas piensan mejor que una"; o sea, dos comedores de rompemuelas son mejor que uno sólo, ¿no?

—No creas que te voy a dar la mitad. ¡Ni lo sueñes! —dijo Stink—. Son todos míos, míos y nada más que míos, y yo decido lo que voy a hacer con ellos.

—Stink, ¡nunca compartes nada!

—¿Recuerdas ese dicho de la abuela, "genio y figura hasta la sepultura"? ¿Sí? Pues muy bien, porque no pienso cambiar. Además, fui yo quien escribió la carta.

—¿Qué carta?

—La que mandé a la compañía de los rompemuelas para decirles que mi Rompemuelas Supergaláctico no me había roto ni una muela.

—¡No es justo! —protestó Judy—. Yo escribí una vez una carta a los fabricantes de mi muñeca Sara Secura para explicarles que mi hermano pequeño me la había roto, y lo único que me mandaron fue propaganda que me informaba dónde podía comprar más muñecas.

Stink se rió.

—¿Estás seguro de que no ganaste un concurso para niños bajitos o algo así? —preguntó Judy.

—¡Nooo! Lo único que hice fue escribir una simple carta.

De pronto, a Stink se le ocurrió una idea. No una simple idea. Una idea supergaláctica. Si había escrito una carta... podía escribir dos... tres... ¡cuatro!

Sería como hacer la tarea. Su maestra siempre decía "la práctica hace al maestro". Así que ésta era una buena oportunidad para practicar. Si él escribía muchas cartas podría conseguir gratis muchas cosas. Y si conseguía muchas

cosas gratis podría llegar a ser archire-
contramillonario.

Entonces, sacó su papel especial para escribir cartas y puso en la parte superior: Oficina de STINK MOODY.

Y empezó a escribir. Escribió, escribió y escribió. Procuró hacerlo con su mejor letra. Escribió hasta que la mano estuvo a punto de caérsele. ¡Tres cartas completas! La maestra Dempster seguro le habría puesto una súper, mega, alta calificación de haberlas leído.

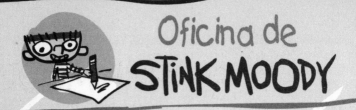

Oficina de STINK MOODY

Estimado presidente de la Compañía Karamelo:

¿Sabía usted que su chocolate Koskilla de Koko tiene el nombre escrito de una manera muy rara? Todo el mundo sabe —hasta mi hermana Judy lo sabe— que se escribe "Cosquilla de Coco", y no "Koskilla de Koko". Y me parece que el nombre de su compañía también está mal escrito. A lo mejor usted nunca aprendió que existe la letra C. Viene después de la A y de la B.

Le digo todo esto porque me parece que puede ayudarle a escribir los nombres correctamente.

Un cordial saludo,

Stink

P.D. Su chocolate también es muy raro. ¡Es BLANCO!

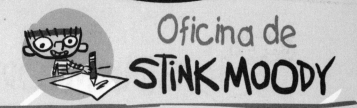

Estimado presidente de Juguetes Juguetones:

Me regalaron un microrrobot con mi hamburguesa el otro día.

Al principio me pareció bien: se le encienden los ojos y se le ponen tiesas las orejas. Se llama Eructo; bueno, esto usted ya lo sabe. Lo que quiero decirle es que en el paquete está escrito que el robot hará lo que yo le diga. Y que me divertirá. Le dije que desordenara el cuarto de mi hermana y no lo desordenó ni un poquito, y, por supuesto, no me divirtió nada. Todo lo que hizo fue eructar en la mesa. Menos mal que nadie se dio cuenta, porque me hubiera metido en un problema.

Leí todas las instrucciones, todas, hasta las que estaban en francés.

Un saludo nada divertido de

Stink

P.D. Dice que un astronauta trajo a Eructo del espacio. Quizá deberían mandar este juguete tan aburrido de vuelta (al espacio).

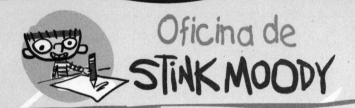

Oficina de STINK MOODY

Estimado director de Parques de la Ciudad:

Fui a un parque que está bastante cerca de mi casa y que se llama la Isla de los Monos. Lo primero que quiero decirle es que no es una isla. Lo segundo es que NO hay monos por ninguna parte.

Busqué arriba y detrás de los árboles. Hasta busqué en los contenedores de basura, ¡puaj! Y no vi ni un solo mono en todo el parque. Mi hermana, que es mayor que yo y sabe muchas cosas que vienen en los diccionarios, dice que esto es publicidad engañosa. La verdad es que no sería mala idea tener unas cuantas entradas para el zoológico, así podré ver monos. Y lémures.

He dicho.
Atentamente,

Stink

Dos cabezas piensan mejor que una

Stink J. por MOODY

Gracias por ayudarme a entender la receta de la pizza, Stink.

Bueno, ya sabes que se dice que...

«Dos cabezas piensan mejor que una».

¿Estás seguro de eso?

¡Sí! ¡Además, con dos cabezas puedo comer más pizza y el doble de rápido!

¡Qué monstruo!

Más vale
tarde que
nunca

Una vez que Stink empezó a escribir cartas, ya no pudo parar. Le escribió una carta larga a su mejor amigo, Webster. Le escribió una carta a su otra mejor amiga, Elizabeth, a la que le gustaba que la llamaran Sofía de los Elfos. Hasta le escribió una carta a su maestra para contarle que era muy bueno escribiendo cartas.

En clase, cuando la maestra Dempster puso un ejemplo de una carta llena de faltas de ortografía en el pizarrón, Stink las descubrió enseguida, incluidas "Qerido señor"... y "Lo zaluda".

—Stink, hoy realmente "te pusiste el gorro de pensar" —observó la maestra—. Ahora, veamos: ¿Quién puede decirme qué es lo mejor de escribir una carta?

—¿Terminarla? —sugirió Webster.

—¿Pegar la estampilla? —preguntó Sofía de los Elfos.

—¡Recibir la respuesta! —afirmó la maestra Dempster.

—Sobre todo si la contestación viene acompañada de casi un millón de rompe-pemuelas —dijo Stink.

—Hablando de millones, ha llegado la hora de las matemáticas —dijo la maestra.

☙ ☙ ☙

Esperar es de lo más aburrido. No es NADA divertido. Cuando volvía de la escuela, lo primero que hacía Stink era mirar el correo. No le llegaba ni una sola carta. ¡Ni siquiera una postal! Nada de la compañía que no sabía escribir "cosquilla". Nada de la compañía del robot que no obedecía. Nada de los parques sin monos. Nada de nada de nada. Cero maletero.

—Quizá se perdieron mis cartas —supuso Stink lleno de tristeza.

—Quizá se dieron cuenta de que lo único que quieres es conseguir cosas gratis —dijo Judy.

—No es verdad.

—Sí es verdad.

—A lo mejor se me olvidó ponerles estampillas —dijo Stink.

—A lo mejor las destruyó un malvado microrrobot —contestó Judy.

—¡Jaa, jaa, jaa! Qué buen chiste —exclamó Stink muy serio.

❧ ❧ ❧

Y entonces, un día, de repente, ocurrió.

—"Más vale tarde que nunca" —dijo mamá.

Stink la miró sin entender qué quería decir. Luego la miró mejor y le vio un paquete en la mano. ¡De la compañía de juguetes! Abrió la caja. ¡Microrrobots! ¡Monstruos, perros con manchas, gatos con rayas, leones azules, ratones colorados y hasta un koala!

Stink leyó la carta.

—¡Dice que, como mi microrrobot no funcionaba bien, puedo probar éstos!

—¡No es justo! —protestó Judy—. ¡Qué suerte tienes!

—¡Pues, que no se acabe mi suerte! "Toco madera" —dijo Stink—. En ese momento alguien tocó a la puerta (de madera). Judy corrió a abrir.

—Un paquete —anunció el mensajero—. Es para el señor Stink Moody.

—Aquí no vive nadie que se llame así —dijo Judy.

Stink soltó sus microrrobots, empujó a su hermana a un lado y gritó.

—¡Soy yo, soy yo!

—Firme aquí —pidió el hombre.

—¡Pero si ni siquiera tiene buena letra! —dijo Judy.

—¡Claro que sí! —la contradijo Stink, y escribió su nombre con todo cuidado, trazando bien cada letra.

Stink agitó la caja.

—¿Qué será...?

—A lo mejor son un millón de chocolates Koskilla de Koko —aventuró Judy.

—Aquí dice que escribieron Koskilla de Koko con K porque les pareció que era una buena forma de llamar la atención. Y añaden que me mandan este regalo por haberme tomado la molestia de escribirles.

Judy intentó abrir la caja.

—¡Eh, yo la abro, es mía! —le advirtió Stink. Y, al abrirla, se quedó boquiabierto...

En la caja venían montones de caramelos y de dulces de todas las formas, colores
y sabores: chicles, chocolates, gomitas, chiclosos de café con leche, bombones rellenos
de crema y de menta, caramelos de frutas
y chocolates rellenos de caramelo.

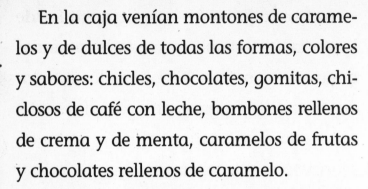

—¡QUÉ CURIOSO! —exclamó Judy—.
¡Nunca había visto tantos dulces juntos!

—¡Y hay, además, un paquete de chocolates rellenos de mantequilla de
cacahuate y un rompecabezas de chocolate y menta, y una gorra de baloncesto
que tiene escrito "Koskilla de Koko"!

—¡Triplemente curioso! —dijo Judy.

—Y todo regalado. ¡Todo gratis! ¡Y
todo es mío! —dijo Stink, encantado de
la vida.

Judy estaba verde —verde menta— de la envidia. Deseaba con todas sus fuerzas que un mensajero le trajera dos toneladas de dulces y alguna otra cosa de regalo; con todo y el "firme aquí, por favor, señorita".

—Stink, no puedes quedarte con todo esto. Es como robar.

—¡Qué tontería! ¡No pienso devolverlo! ¡Yo no lo pedí! —dijo Stink.

Justo en aquel momento, el teléfono empezó a sonar.

—Stink, es para ti —dijo mamá—. Preguntaron por el señor Moody y, desde luego, no es para tu papá— mamá le pasó el teléfono a Stink y regresó a su oficina.

—Sí, soy yo... sí, sí... ¿De verdad?... ¿Que cuántas quiero?... ¿Pueden mandarme veinticinco?... ¿Con monos?... ¡Uy, sí!... Desde luego que quedo satisfecho, gracias.

—¿Qué? —preguntó Judy.

—Era el Departamento de Parques de la Ciudad. Me van a regalar una caja de gomas de borrar con forma de mono. Y un pase gratis para el zoológico, para que pueda ver monos. ¡Y lémures!

—¡Se lo voy a decir a mamá! —amenazó Judy—. ¡Mamá, mam...!

—¡Shhh! —dijo Stink.

Mamá entró a la sala. Judy se quejó:

—¡No es justo! ¡A Stink le regalan toneladas de cosas y a mí, nada! ¡Yo escribí una carta una vez y ni me contestaron!

—Stink, ¿qué es todo esto? ¿Qué está pasando? —quiso saber mamá.

—¡Nada! —dijo Stink

—¿Cómo que "nada"? A ver, explícame.

—Bueno, está bien. Es que la maestra Dempster nos enseñó a escribir cartas y yo he estado practicando, ya sabes, haciendo la tarea.

—¡Ja! —dijo Judy.

—Y puede que haya enviado algunas cartas a algunas personas y...

—¡A compañías! ¡Y pidiendo regalos gratis! —lo acusó Judy.

—¡No es cierto! —protestó Stink—. ¡Yo no pedí nada! Sólo les dije que algunas cosas no estaban bien, y entonces ellos me mandaron todo esto. ¡Son regalos! ¡Yo no hice nada malo!

—Mira, Stink, se acabó eso de escribir cartas, ¿eh? Ya hablaremos tu padre y yo para decidir qué vamos a hacer con todas estas cosas.

—¿Las tengo que devolver? —preguntó Stink.

—Ya veremos —dijo mamá.

—¡Ja! —susurró Judy —. ¡Eso quiere decir que SÍ!

DICHOS & Cía. presenta PONTE EL GORRO DE PENSAR por Stink J. Moody

¿Qué puedo hacer para el concurso de inventos?

No sé. Ponte un GORRO de pensar.

No tengo un GORRO de esos.

¡Pues inventa UNO!

¡Claro, eso es!

¡STINK ha ganado el Primer PUESTO por su invento: EL GORRO DE PENSAR!

CONCURSO DE INVENTOS

No dejes
que te
enchinchen
las chinches

Después de ese episodio el correo se convirtió en algo aburrido. No llegaron más cartas emocionantes ni paquetes misteriosos. Stink recibió una postal sobre la importancia de usar el cinturón de seguridad en el auto; un nuevo número de la revista *Pequeñines* y un sobre con publicidad que ni siquiera abrió. ¡Qué aburrido!

Esa noche, después de la cena, como si hubiera leído sus pensamientos, mamá exclamó de repente:

—¡Ah, casi se me olvida! Llegó una caja para ti. Está encima de la mesa.

—¿Otra caja? —exclamó fastidiada

Judy—. ¡Se supone que no podías escribir más cartas, Stink!

—¡Yo no escribí más cartas! ¡De verdad! —aseguró Stink.

—No te preocupes, Stink, esto lo envía alguien a quien conoces bien —dijo mamá.

—¿De la compañía de los rompemuelas? ¿O de la de los microrrobots? Esas las conozco —afirmó Stink.

—No, es de la abuela Lou. Leyó lo que le contaste de tu fiesta de pijamas.

—¿Fiesta de pijamas? —se extrañó Judy.

—Es sólo en nuestra clase —explicó

Stink—. Tenemos que ir en pijama, llevar un saco de dormir y nuestro muñeco de peluche favorito. Leeremos libros todo el día y no habrá clase de matemáticas. Y la maestra llevará a su perro.

—¿Y qué tiene que ver un perro con la fiesta de pijamas? —quiso saber Judy.

—No sé, sólo te lo estoy diciendo —dijo Stink.

—¿Y por qué le hacen un regalo a Stink y a mí, no?

—No es un regalo —aclaró Stink—. Es para la fiesta de pijamas. Es como si fuera una tarea.

—¡Qué mala suerte! —se lamentó Judy—. Yo voy a tener matemáticas y ortografía, y Stink, en cambio, tendrá una fiesta y su tarea es llevar su pijama nueva —se acercó para observar de cerca cómo Stink abría la caja.

—¡No me empujes! ¡Respeta mi espacio personal! —dijo Stink.

Judy metió la mano en la caja y sacó una camiseta azul.

—¡Mira, esta camiseta de Bonjour Bunny es para mí!

—¿Por qué para ti? —preguntó Stink.

—¡Es para mi Día de No-Pijama! —dijo Judy.

Stink sacó de la caja una pijama llena de dibujos de huevos fritos y tiras de tocino.

—¡Yo no me voy a poner esto para la fiesta de pijamas! —afirmó Stink.

—¿Por qué? —preguntó mamá.

—Porque no quiero que toda la clase se ría de mí —dijo Stink.

—Pues a mí me parece que es una pijama muy graciosa —opinó mamá.

Mouse, la gata, se acercó para lamer los huevos de la pijama.

—¡A Mouse le gusta! —se rió Judy—. Mira, Stink, las yemas de los huevos fritos iluminan en la oscuridad. A ti te gustan las cosas luminosas, ¿no?

—Espera, déjame verla —pidió Stink.

—Pruébatela, Stink —propuso mamá.

Stink se quitó la camiseta y se puso la camisa de la pijama. Extendió los brazos, se movió adelante y atrás, y se dio la vuelta como si fuera un modelo.

—Estás igualito, igualito que un menú ambulante —dijo Judy—. No, como una lucecita de seguridad. No, más bien, como una anguila eléctrica. ¿Cómo vas a poder dormir?

—Pues es mejor que la de «YO ♥ LOS CAMIONES» del año pasado —dijo Stink—. Además, las yemas luminosas están superchéveres.

De pronto, Stink empezó a retorcerse. Se rascó un brazo, se rascó el cuello. Jaló la etiqueta de la nuca.

—¿Qué te pasa? ¿Tu pijama nueva tiene pulgas o chinches? —preguntó Judy.

—¡Esta pijama pica! —exclamó Stink.

—A ver, voy a quitarle las etiquetas y a lavarla con suavizante para que

esté lista para mañana —lo tranquilizó mamá—. Y ahora, vete a la cama, Stink. Tú también, Judy.

—¡Hasta mañana! ¡Y no dejes que las chinches "te enchinchen" la noche! —bromeó papá desde la cocina.

—¿No puedo quedarme levantado hasta que mi pijama nueva esté lavada? —preguntó Stink.

—¿Quieres decir, hasta que termines tu tarea? —se burló Judy—. A Stink le gusta tanto la tarea que quiere ponérsela.

No dejes que te enchinchen las chinches

por Stink J. Moody

Una lupa. ¡Fenomenal!

Miraré a las diminutas chinches.

STINK VIO UNA CHINCHE DE CERCA.

Eres FEÍSIMA, pero no me pareces enchinchante.

GRACIAS, Stink, tú sí me comprendes.

No abuses de tu suerte, que si me ENCHINCHAS dejaré de comprenderte.

Un ojo de la cara

Al día siguiente, Stink se levantó bastante ansioso. No contó sus rompemuelas ni jugó con los microrrobots. Hoy era el día en que iba a lucir en clase su pijama con yemas de huevo luminosas. ¡Chévere!

Corrió escaleras abajo. Buscó debajo de Mouse. Buscó en toda la ropa revuelta y apilada sobre la silla. Buscó encima de la lavadora. ¿Dónde estaba su pijama luminosa?

Fue entonces cuando la vio.

Una gran bola de pelusa. No una simple bola grisácea de pelusa. ¡Una supergaláctica-luminosa-descolorida y triste bola de pelusa.

¡Oh, oh...! Si era lo que él estaba pensando, se iba a poner "más enojado que una bestia peluda". Stink corrió a buscar a mamá.

—Stink, mi amor —dijo ella—. Lo siento, pero tuve un problema con tu pijama nueva.

¿Qué? ¿Un problema? ¡Las pijamas no tienen problemas! Los exámenes de matemáticas tienen problemas. Los libros de acertijos tienen problemas. Los científicos trabajan con problemas. Pero, ¿qué problemas puede tener una pijama?

—¿Esto? —Stink mostró la supergaláctica-luminosa-descolorida y triste bola de pelusa.

—Pues sí, eso —dijo mamá—. Una sola lavada... y esa cosa luminosa se disolvió y dañó la pijama.

Justo en ese momento Judy entró en la habitación.

—¡Miren, mi nueva camiseta de Bonjour Bunny se volvió verde alienígena! ¡Parezco un caramelo de limón!

—Creo que la cosa luminosa esa que había en mi pijama la tiñó —dijo Stink.

—¿Cómo? —preguntó Judy.

Mamá desató la bola de pelusa y les enseñó la pijama. Del tocino sólo quedaban unas rayas negras onduladas. Y los huevos fritos parecían pasteles de lodo.

—¡Oh, oh! ¡No pienso ponerme eso! —gritó Stink.

—Se convirtieron en huevos revueltos —se burló Judy.

—Podemos devolvérsela a la abuela para que haga una reclamación en la tienda donde la compró —dijo mamá—. Pero entonces no tendrás una pijama nueva para ponerte hoy. Tú eliges.

La fiesta de pijamas iba a estar ultra-megamal. Se supone que sería un día para lucirse, pero todo lo que tenía Stink era una triste bola de pelusa.

—Devuélvela —decidió Stink—. Se parece a los huevos revueltos con tocino que desayuna papá.

De todos modos, mamá le dijo que le escribiera una carta a la abuela Lou para darle las gracias.

Mientras Stink escribía su carta, Judy se llevó la pijama arriba.

Querida abuela Lou:

Gracias; pero no gracias por la pijama. Al principio pensé que era una pijama para bebés, y Judy me dijo que parecía un menú ambulante. Después vi que iluminaba en la oscuridad y entonces me gustó. La cosa luminosa se disolvió y ahora parezco un plato de huevos revueltos. X eso T la estoy devolviendo.

Espero que no te haya costado "un ojo de la cara" y que puedas devolverla. Si no, puedes llevarla al Museo de Pijamas No Luminosas.

¿Podrías enviarme la próxima vez algo que no tenga nada que ver con tarea? (que no sean rompemuelas, por favor)

Con cariño de tu nieto, Stink

La tuvo en su cuarto durante todo el desayuno. Cuando bajó, anunció:

—Stink, resolví el problema de tu pijama.

—¿Eh? —preguntó Stink.

Judy agarró a Stink por el brazo y lo arrastró hasta el armario de los abrigos.

Se encerró allí con él. ¡Algo relucía! ¡Como lucecitas de seguridad! ¡Como mil luciérnagas!

—¿Mi pijama? —se asombró Stink—. ¿Qué le hiciste...? ¿Cómo lo hiciste...?

—La pinté con pinturas fluorescentes —dijo Judy—. No tienes que devolverla. Los huevos son ahora medusas y las rayas de tocino, anguilas eléctricas.

—¡Rompemuelas saltarines! —se entusiasmó Stink—. ¡Gracias! —abrazó a su hermana—. ¡Esto sí que es de lo más supergaláctico! Ahora sí que voy a ser el chico con la pijama más sorprendente de la clase. ¡Seré el único que ilumine en la oscuridad!

—¿Ahora me regalarás un chocolate? —preguntó Judy.

—Lo voy a pensar —respondió Stink.

Cuesta un ojo de la cara

por Stink J. Moody

¡Abrieron la nueva papelería!

El pincelazo / Arte y más

Stink encuentra justo el bolígrafo que quiere.

¡Guau!

EL ROBOT-BOLI 3000 RECUERDA TU DIBUJO Y LO REPITE ÉL SOLO.

¡Qué chévere!

ROBOT-BOLI 3000

¡Hasta halago tus dibujos!

¡Stink mira el PRECIO...!

Tengo sólo 10 dólares, pero le doy, además, mi brazo derecho.

Pon también tu ojo izquierdo o no hay trato.

¡Esto, más que un robot-boli es un robo-boli!

No hagas
una montaña
de un
grano de
arena

Cuando Stink llegó a la clase, la maestra estaba vestida con una bata rosa de tela peluda. Llevaba unas pantuflas de conejitos, una almohada y a su perro Pepinillo.

Stink olvidó el incidente de su pijama con huevos revueltos. ¿Qué podía ser mejor que ponerse una pijama que no picaba y que iluminaba en la oscuridad, y pasar el día leyendo en clase?

Stink colocó su saco de dormir junto al de su mejor amigo, Webster.

—¿Esa es tu pijama? —le preguntó.

—No, es mi uniforme de fútbol. ¡Claro que es mi pijama! —dijo Webster—.

Pero, claro, ¡cómo ibas a saberlo! Me la regalaron de cumpleaños.

Era claro que Webster estaba de mal humor. Stink no sabía por qué. Se metió en su saco y se puso a leer su libro de esqueletos. Dejó por fuera la cabeza de Fang, su serpiente de trapo de dos metros. Y se metió en la boca una bola de fuego de menta picante de las que le habían regalado.

—¿Quieres una? —le ofreció a Webster.

—No se puede comer dulces en clase —dijo Webster. Se volvió del otro lado y metió la nariz en su libro.

—¡Stink! ¡Webster! ¿Oyeron la noticia? —gritó Sofía de los Elfos—. Vamos a hacer un desfile de pijamas. Recorreremos

todos los pasillos. Y haremos una reunión especial en la biblioteca, donde la señorita Mack nos contará historias de otras partes del mundo. Se pondrá sombreros y tocará tambores. Y yo me voy a sentar al lado de ustedes, chicos.

—¡A mí qué me importa! —dijo Webster.

—¿Qué le pasa a Webster? —le preguntó Stink a Sofía. Ella se encogió de hombros.

¡GUAU! ¡GENIAL! ¡DESFILE DE PIJAMAS! ¡REUNIÓN! Las reuniones en la biblioteca eran de lo más divertido. A Stink le encantaba oír historias de países lejanos, con sombreros y tambores.

La clase de Segundo D desfiló en pijama frente a la dirección y hasta por el piso donde están los salones de Quinto.

En la biblioteca, Stink se sentó junto a Sofía de los Elfos. Webster se sentó justo detrás de ellos. La maestra le pidió a Webster que ocupara el sitio que había junto a Stink.

—No quiero sentarme a su lado —protestó Webster.

—Vamos, siéntate ahí. "No te ahogues en un vaso de agua" —señaló la maestra.

Webster se sentó donde le dijo su maestra.

—Veamos qué tan atentos son los estudiantes de Segundo D de esta escuela —dijo la señorita Mack, la bibliotecaria, levantando dos dedos.

—Y acuérdense de tener las manos quietas —subrayó la maestra.

Stink no podía resistir que lo ignoraran. Especialmente su mejor amigo. Así que, cuando la señorita Mack empezó a contar una historia, Stink le tocó el hombro a Webster. Quería hacerle una broma.

—¡Eh! —protestó Webster. Stink fingió estar atento a la historia. Webster lo golpeó en el hombro e hizo como si tuviera las manos en el regazo. Stink le devolvió el golpe. Webster le pegó más fuerte.

—¡Auch! —se quejó Stink.

—¡Stink! —susurró la maestra, y les hizo una seña para que estuvieran quietos.

—Chicos, se van a meter en problemas —murmuró Sofía de los Elfos.

—Ahora —dijo la señorita Mack—, vamos a apagar las luces y a viajar a África. Espero que les gusten las historias de miedo.

Se apagaron las luces. ¡Stink iluminaba

como una luciérnaga! Su maestra ahora sí estaba segura de poderlo ver si golpeaba a Webster. Stink metió los brazos dentro de la camisa de la pijama. No quería que sus dedos se escaparan y lo metieran en más problemas.

Redobles de tambor llenaron el aire. La señorita Mack habló ahora con una voz baja y ronca. La historia trataba de un ser malo; su voz fantasmal salía de una cueva. La voz sonaba tan ronca y tan amenazadora que asustaba a todos los animales de la selva. Al final, resultaba que el ser malo no era más que un ciempiés. ¡Qué alivio! ¡Un ciempiés patas rojas surafricano!

Stink sabía todo sobre los ciempiés.

—Una vez, en el Club S.O.S ("si te orina un sapo"), mi hermana y yo —le contó a Webster— quisimos romper el récord mundial del ciempiés humano más largo.

—¿Y a mí qué? —dijo Webster.

Stink se olvidó por completo de permanecer atento. Algo le pasaba a Webster. Trató de inventar un chiste de ciempiés para él.

—¿Quién hace noventa y nueve veces "tap" al caminar? —le preguntó a Webster.

Webster no le hizo ni caso.

—Eh, sí sabes, ¿verdad? ¿Quién hace noventa y nueve veces "tap"? ¡Un ciempiés con una pierna rota! —se echó a reír. Le mostró a Webster su lengua roja y brillante, teñida por la bola de fuego.

Webster ni siquiera sonrió.

La señorita Mack preguntó:

—¿Cuántas patas tiene un ciempiés?

Stink sabía la respuesta. Intentó levantar una mano, pero sus brazos estaban dentro de la pijama.

—¡Cien! —dijo alguien.

Stink sabía que cien no era la respuesta correcta. Tenía que levantar la mano. Intentó levantar un codo desde dentro de la pijama.

Algo andaba mal. Muy mal. Algo le había pasado a la camisa de la pijama de Stink. ¡Había encogido, encogido y encogido! Stink se retorció y trató de encontrar la forma de quitársela. ¡Auxilio, socorro!

¿Dónde estaban los agujeros de las mangas? Todo estaba oscuro. No podía ver nada. La camisa estaba retorcida. Sus codos empujaban la tela sin encontrar la salida.

¡Socorro! ¡Stink estaba encerrado dentro de la camisa de su propia pijama!

—Ciempiés es el nombre que se le ha dado a este insecto. Pero, eso no quiere decir que todos los insectos de cuerpo alargado y con muchas patas tengan cien pies —explicó la señorita Mack.

Stink seguía luchando contra su pijama. Se la subió y le tapó la cabeza. ¡Stink perdió la cabeza! Se retorció aún más y, de repente, ¡pudo sacar un brazo!

—¡Auch! —oyó gritar a Webster—.

¡Tú, comecaramelos, me pegaste! —y lo empujó contra Sofía de los Elfos.

—¡Oye, yo sólo quería...! —se disculpó Stink.

—¡Ustedes dos! —dijo la maestra—. Vengan conmigo.

Primero, la camisa de la pijama. Luego, el golpe a Webster. Ahora esto...

Todas las luces se encendieron. La habitación estaba en silencio, como cuando se espera que pase algo no muy bueno. Webster miraba al suelo como si fuera a llorar. Todos miraban a los dos chicos, que seguían a la maestra hacia el pasillo.

—Vamos a ver. ¿Qué les pasa? ¿Por qué están peleando? Pensé que eran amigos.

—Stink empezó —dijo Webster—. Yo estaba allí sentado y quieto, y él me pegó porque sí, yo no le había hecho nada.

—¡Yo no quería pegarle, de verdad! —aseguró Stink—. Fue por culpa de mi pijama. ¡Me quedé encerrado dentro! Lo juro. Quería levantar la mano para decir que muchos ciempiés sólo tienen quince pares de patas. Y que algunos tienen hasta 177 pares, y que si pierden una pata, les crece otra vez, y que algunos ciempiés brillan en la oscuridad.

—¿O sea que fue sin querer? —preguntó la maestra.

—Sí —afirmó Stink.

—¿Puedes disculparte, Stink?

—¡Claro! Lo siento, Webster —dijo Stink—. Yo no quería pegarte.

—¿Webster? —dijo la maestra—. ¿Estás satisfecho ahora? ¿Qué le contestas a Stink?

—Nada. Me da lo mismo.

—¡Huf! —exclamó Stink—. Nunca había oído que una pijama pudiera complicar tanto a alguien.

Webster se alejó por el pasillo hacia la enfermería.

Caminaba como un orangután furioso; hasta sus pelos parecían furiosos.

DICHOS & Cía. presenta
Hacer una montaña de un grano de arena por Stink J. Moody
¡Oiga, SEÑOR TOPO! Papá se va a poner furioso. Nuestro jardín parece la superficie de la LUNA.
¡PUES NO ES PARA TANTO! ¡ESTÁS HACIENDO UNA MONTAÑA DE UN GRANO DE ARENA!
AL DÍA SIGUIENTE
Ahora verá Stink lo que es una MONTAÑA.
MONTE TOPO
¡QUÉ HORROR!
¡Y decía que YO estaba haciendo una montaña de un grano de arena!
¿Quieres subir a la montaña conmigo?

Como un ciempiés cojo

Stink se sentía supermal. Peor que un ciempiés cojo. Se fue arrastrando los pies por todo el camino, de la escuela hasta su casa, por la calle, a lo largo de la acera, y así cruzó la puerta.

Papá ya estaba en casa.

—¿Qué tal la fiesta de pijamas? —preguntó.

—Terrible —contestó Stink—. Tuve uno de esos malos, horribles, espantosos, lamentables y asquerosos días que sufren algunos chicos en los cuentos tristes.

—¿Qué pasó? —preguntó mamá, que entraba en ese momento en la habitación.

—¡Stink le pegó a su amigo Webster hoy! —lo acusó Judy—. En la reunión de la biblioteca. Se metió en problemas y la maestra lo sacó y lo regañó, y toda la escuela...

—¡Ya está bien, Judy! —cortó papá.

—No fue mi culpa —dijo Stink—. Fue por la pijama —explicó lo que había pasado—. Voy a escribir una carta a los fabricantes para decirles que por su culpa me metí en un lío y que, además, mi mejor amigo se enojó conmigo.

—¡No puedes escribir más cartas! —le recordó Judy.

—No, no más cartas —le dio la razón mamá.

—¿Y si le escribes una carta a Webster para explicarle lo que pasó en realidad? —sugirió papá.

❧ ❧ ❧

Stink subió a su cuarto. Metió la horrible pijama en el fondo del cajón de abajo de su cómoda, junto a la de corazones y camiones del año anterior.

Después se puso a trabajar en la carta como si fuera su tarea.

Querido Webster:

Siento mucho, mucho, mucho, pero muchísimo haberte pegado, cuando lo que yo quería hacer era hablar de ciempiés. No sigas enojado conmigo por favor, porfa, por favorcísimo.

Tu amigo, superarrepentido,

Stink

Stink buscó un sobre por todo su escritorio. Su plan era dejar la carta en la banca de Webster por la mañana. ¡Caracoles!, ¿qué es esto? Debajo de un montón de rompemuelas, encontró un sobre. Pero no era un sobre vacío. Con una letra bastante fea estaba escrito "Stink Moody". ¡Era para él!

De pronto, recordó que lo había recibido hacía días; ¡pero entonces estaba tan ocupado contando rompemuelas que no perdió tiempo en abrirlo! Lo rasgó sin más demora.

ESTÁS INVITADO, decía en la tarjeta. Estaba escrito en unos globos sostenidos por gorilas. La invitación era de Webster. Para su fiesta de cumpleaños. Su fiesta de cumpleaños del sábado. ¡DEL SÁBADO PASADO!

¡Stink no había ido a la fiesta de cumpleaños de Webster!

Ahora ya sabía por qué Webster estaba tan enojado. Stink se sintió muchisísimo peor que un ciempiés cojo, mil y mil veces peor que un ciempiés cojo de muchísimas patas cojas. Se sintió como un verdadero insectink.

Tenía que encontrar un modo de contentar a Webster. ¡Tenía que hacer las paces con él! ¡Tenía que lograrlo!

Stink pensó y pensó. Acarició a Mouse. Acarició a Ranita. Se rascó la cabeza una y otra vez. Rascarse la cabeza ayudaba a pensar, ¿no? Claro que lo único que consiguió fue que pareciera que tenía piojos.

Por fin, a Stink se le ocurrió algo. Bajó corriendo para contarle su idea a papá. Luego subió y terminó la carta para Webster.

P.D. No fui a tu fiesta de cumpleaños porque no leí la invitación. Me llegó, pero se quedó escondida debajo de un montón de rompemuelas. Creo que yo estaba tan lleno de rompemuelas que se me olvidó todo lo demás. Te llegará una sorpresa especial de cumpleaños. Algo mucho mejor que una carta. Todo lo que puedo decirte es: ¡ATENCIÓN!

Pista: empieza con las letras C6 (pero jamás lo adivinarás)

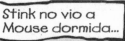

DICHOS & Cía. presenta **Me siento como un ciempiés cojo** por Stink J. Moody

Stink no vio a Mouse dormida...

¡MIIAAAUUU...!

¡Me pisaste, PATÓN!

¡Perdona, me siento como un ciempiés cojo!

¡Pues no tienes cara de cien pies, sino de UNO solo, Patón!

¿Qué?

¡PATÓN Y APESTOSÓN!

Genio y figura... no siempre perdura

Stink llegó muy temprano a la escuela y puso su carta en la banca de Webster. Lo vio mientras la leía. Luego observó cómo su amigo levantaba la vista y lo miraba.

—O sea que, ¿no faltaste a mi fiesta a propósito?

—Por supuesto que no —dijo Stink—. Tampoco te pegué en la cara a propósito. Tienes que creerme.

Webster sonrió de oreja a oreja.

—¿Amigos? —preguntó Stink.

—¡Amigos! —exclamó Webster—. Oye, ¿cuál es la sorpresa? ¿Qué es "CG"? ¡Ya, porfis, dímelo! No me dejes en suspenso...

—No te voy a decir nada. "En boca cerrada no entran moscas" —Stink se tapó la boca con una mano.

—¿Significa "Carta Genial"? —preguntó Webster.

—¿"Cenicienta Guapetona"? —preguntó Sofía de los Elfos.

—¡Ya sé! ¿"Cosas Grandes"? —preguntó Webster —. ¿"Cabezota Gorda"?

—Frío, frío —dijo Stink—. Tienes que esperar. Mi papá lo va a traer; pero la maestra Dempster dijo que tenía que ser durante la última hora.

❧ ❧ ❧

Esperar era mucho más difícil que escribir cartas. Mucho más difícil que poner bien los signos de puntuación. Mucho más que escribir "atentamente" sin errores.

Casi al final de la clase, la maestra leyó once páginas del libro preferido de Sofía de los Elfos, que trataba de un ratón muy valiente y de una rata malvada.

¡Y por fin llegó el momento! El altavoz retumbó en los pasillos:

"Entrega especial para la clase de Segundo D. Stink Moody, por favor presentarse en la entrada principal".

—¡Genial! ¡Yupi! ¡Viva! ¡Llegó la hora! —exclamaron todos al mismo tiempo.

Stink se apresuró, aunque sin correr, hacia la entrada principal. Luego volvió a la clase con una enorme piñata multicolor con forma de gallo debajo del brazo. Su padre lo seguía con 21,280 rompemuelas, además de un montón de chocolates, microrrobots e incontables gomas de borrar con forma de mono.

—¡Caramelos gratis! Repito: ¡Caramelos gratis para Webster Gómez! —anunció Stink—.

Webster estaba junto a la puerta.

Nunca había visto tantos caramelos juntos en su vida.

—¿Para mí? ¡GUAU!

—Para celebrar tu cumpleaños —dijo Stink —. Con toda la clase.

—¡Una piñata! —gritaron entusiasmados varios en la clase.

—"Caramelos Gratis" —dijo Sofía de los Elfos—. ¡CG quería decir "Caramelos Gratis"!

—Yo nunca había tenido CG antes —dijo Webster—. Es como una carta sorpresa, sólo que mucho mejor y más dulce.

—¿De dónde sacaste todo eso? —le preguntó Sofía de los Elfos a Stink.

—Lo conseguí GRATIS. Y sin pedirlo. Fue como algo misterioso.

Entre papá y la maestra llenaron el "gallo-piñata" con todas aquellas cosas estupendas. ¡Papá tuvo que subirse encima del escritorio de la maestra para colgarla del techo!

—¿Quién va a ser el primero? —preguntó papá agitando un pañuelo en la mano.

—¡Webster! —dijo Stink.

Papá vendó los ojos de Webster y le dio el palo.

—¡Cuando contemos tres! —dijo.

Toda la clase contó: "¡Uno, dos, tres...!".

Webster lanzó palazos al aire. ¡Bsisss...! ¡Bsasss...!

—¡Tú puedes, Webster, tú puedes...! —lo animaban todos—. ¡Arriba! ¡Abajo! ¡Ya te estás acercando!

¡Paf! Por fin, Webster golpeó la piñata. La clase de Segundo D contuvo la respiración. ¡Nada!

—Prueba otra vez —dijo la maestra—. ¡Uno, dos, tres...!

¡Zas! Webster le dio a la piñata otra vez. Y... ¡nada!

—Este gallo "canta mal las rancheras" —dijo papá.

—"La tercera es la vencida" —dijo la maestra Dempster—. Vamos, dale fuerte, Webster. Uno, dos y... ¡tres!

¡Catapumba! Webster y Stink golpearon al mismo tiempo la piñata. ¡Paf! ¡Zas! ¡Brum! ¡Catacrac...! La piñata se rompió.

"¡Quiquiriquí!", cantó el gallo al romperse. ¡El gallo sí sabía "cantar las rancheras"!,

aunque sólo lo hizo una vez. Todos gritaron llenos de entusiasmo mientras una lluvia de dulces y regalos caía desde la panza abierta del gallo. Había tantas cosas que los chicos casi no sabían qué elegir. Se tiraron al suelo a recoger toda clase de golosinas por debajo de las bancas, detrás de los libreros, dentro de la papelera... Todos hablaban y reían al mismo tiempo.

—¡"El que parte y comparte se queda con la mejor parte"! —decía Stink mientras recogía chocolates, gomitas, caramelos, microrrobots...—. ¿No creen?

—¡Claro, porque "de envidiosos y tragones están llenos los panteones"! —dijo Sofía de los Elfos, cuando Stink casi le

gana un chicloso de chocolate con leche.

—¡Estoy "feliz como una lombriz" —dijo
Webster con los puños llenos a reventar.

—¡Maravilloso! Veo que aprendieron
a utilizar dichos —dijo la maestra—. Y
ahora, lo mejor es juntar todos los tesoros
que recogieron. Los vamos a repartir en
partes iguales. ¿De acuerdo?

Stink contempló el montón de cosas
que había colocado sobre su banca. No
eran 21,280 rompemuelas ni mucho
menos, pero miró a Webster y a todos su
compañeros y se sintió bien por dentro...
Dulce y blando como el chicle que tenía
en el centro el increíble Rompemuelas
Supergaláctico.

—¡Sí, a repartir! —dijo.

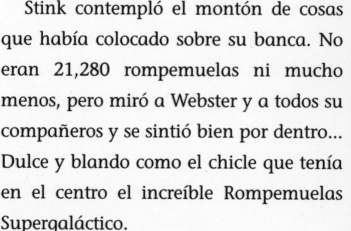

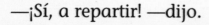

—Me siento orgulloso de ti —dijo papá—. Veo que "genio y figura... no siempre perdura".

—Me gustó mucho ver cómo tu padre y tú hacen un buen trabajo de equipo —dijo la maestra sonriendo—. "Dos cabezas piensan mejor que una".

—Y "un amigo es un tesoro que vale más que todo el oro" —dijo Stink.

—¿Eso también es un "dicho"? —preguntó Webster.

—¡No, es un "Stinkdicho"! —rió Stink.